स्पर्श

मोहनलाल मिश्र 'धीरज'

टू साइन

प्रकाशक : टू साइन पब्लिशिंग हाउस
पता : SY.N0.21/2 & 21/3, सोननहल्ली,
कृष्णराजपुरा, बेंगलुरु, कर्नाटक – 560049, भारत

ईमेल : books@truesign.in
वेबसाइट : www.truesign.in

© लेखकाधीन

स्पर्श

मोहनलाल मिश्र 'धीरज'

ISBN: 978-93-5584-486-6

संस्करण : 2022

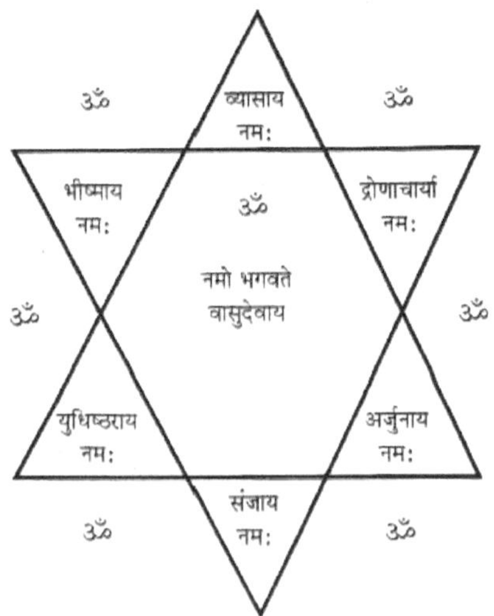
ॐ
ॐ
व्यासाय नम:
भीष्माय नम:
ॐ
द्रोणाचार्या नम:
नमो भगवते वासुदेवाय
ॐ
ॐ
युधिष्ठिराय नम:
अर्जुनाय नम:
संजाय नम:
ॐ
ॐ

Love is God
The minimum qualification for
grace is Surrender of ego

पूज्य माता-पिता
को
समर्पित

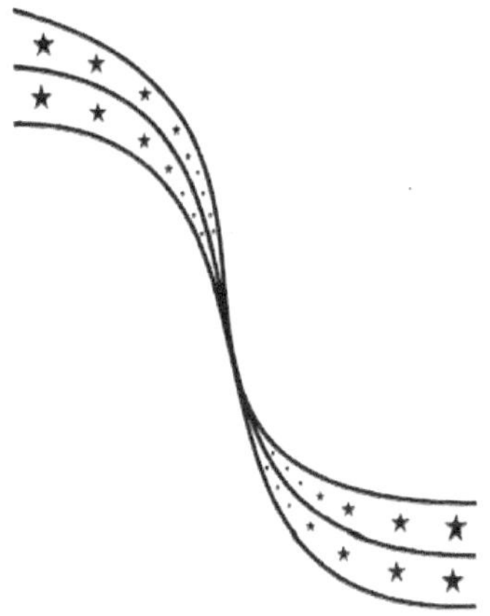

Copious flow of Selfless Love.

Life is my Message

Baba

Duty without Love is deplorable

Duty with love is desirable

Love without duty is devine.

I say the Sathya Sai Baba was recarnation of the Shiridi Sai Baba & Sathya Sai Baba shall come on earth as Prema Sai Baba is omni present in this moment you ask the great Baba whatever you like your whish will be fulfiled without fail, this my faith.

अनुक्रम

आशीर्वचन i

ह्रदयांश ii

शुभकामना iii

माँ वाणी को कोटिश: प्रणाम! v

अपनी बात x

कामता नाथ जी 17

श्रेष्ठ गुरुवर सत्य सांई बाबा 18

माँ वाणी 19

गिरजानन्दन 21

कब से बुला रहा हूँ सांई 23

पुन: समर्पण 25

प्रार्थना – दयासागर 26

कथा मनोहर - शिरडी के सांई नाथ 28

पूर्व अवतार कथा 35

महान सन्त 38

सत सांई 41

आत्म परिचय 43

बाबा तेरे रूप अनेक 47

व्यापकता 49

सांई बाबा के सत्य सिद्धांत एवं ब्रह्म ज्ञान 51

वायजा माँ 54

श्री सत्य सांई बाबा का प्रगट भाव 57

सांई बाबा की आरती 59

आशीर्वाद मुद्रा में बाबा 61

सार तत्व 62

अनन्त 63

संत एक, नाम अनेक 65

कामना 66

अन्तर द्वन्द्व..68

स्वामी 69

जीवन 71

दर्शन 72

सर्व शक्तिमान 73

व्याकुलता 74

समय 75

शून्य...77

द्वन्द्व..79

शांति 81

आनन्द...83

सत्य 85

आस्था 87

अत्यन्त प्रिय 88

अति कृपा 89

समाधि 90

प्रशांत 91

खम्मन पीर बाबा की समाधि पर शब्द सुमन 92

सत्य की ओर...93

अव्यक्त 94

दयानिधान 96

श्रद्धा सुमन 97

विजय दशमी 98

परम श्रद्धेय गुरु जी को समर्पित 99

सत्य सांई बाबा 100

गुरु ॐ 101

आशीर्वचन

समाज की जीवंतता श्री मोहन लाल मिश्र 'धीरज' की कविताओं में जिस प्रकार से प्रतिबिम्बित है, वह उनका श्लाघनीय प्रयास है। उनकी पुस्तक 'स्पर्श' में उन कविताओं को जिस प्रकार से सहेजा गया है, वह उनके चिन्तन और जीवन दर्शन की बानगी चिन्हित करता है, समाज के बिखरे मूल्य उनकी लेखनी से इस प्रकार प्रतिबिम्बित होकर उभरे प्रतीत होते हैं, जिस प्रकार कोई चित्रकार अपनी कलामय तूलिका से नाना प्रकार के रंगों से कलाकृति को जन्म देता है। श्री मोहन जी का चिन्तन नैतिक मूल्यों, गरीबी, शोषण, अत्याचारों पर आधारित है, जो कहीं लेखनीमयी तूलिका से निकल कर नूतन समाज की पृष्ठभूमि तैयार करता है।

में उनके प्रयासों की प्रशंसा करते हुए परमपिता परमेश्वर से प्रार्थना करता हूँ कि उनकी यह कृति समाज में दर्पण की भाँति प्रतिचिन्हित हो और वह अपनी लेखनी से इसी प्रकार कविताओं का सर्जन कर समाज को नयी दिशा देते रहें।

तथास्तु।

डॉ. शंकर शरन तिवारी
प्रवक्ता
बुंदेलखंड विश्वविद्यालय
झांसी

हृदयांश

जगत में जड़, चेतन, स्थावर, जंगम सभी का अपना जीवन दर्शन है, सभी प्राणी अपने स्वभाव एवं प्रकृति के अनुसार जीवन का संचालन करते हैं। और फिर मानव की तो बात ही क्या उसकी प्रकृति सभी जीव जन्तुओं से बेहतर है। उसकी सोच, उसकी विचारधारा समाज के समस्त दृष्टिकोण पर दृष्टिपात करती है और फिर कवि तो मानव मन के समस्त झंझावातों को अपनी कवितामय तूलिका से जाने कितने रंग सामाजिक पटल पर बिखेरती हुई मनुष्य की विचारधाराओं में रंगत लाती है।

कवि प्रवर श्री मोहन लाल मिश्र 'धीरज' जी वर्तमान पीढ़ी के वो सशक्त हस्ताक्षर हैं, जिनकी लेखनी समाज के उत्पीड़न से आरंभ होकर क्रांतिकारी स्वरूप अपनाने में सिद्धहस्त है। मोहन जी वर्तमान युवा पीढ़ी के प्रेरणास्रोत हैं। विभिन्न कंटकाकीर्ण पथों पर चलकर आज वे इस मुकाम पर पहुंच चुके हैं जिन्हें अपनी पहचान देने की आवश्यकता नहीं है। वे कवि ही नहीं नाटककार, एकांकीकार तथा रेडियो रूपक लिखने में सिद्धहस्त हैं। उनके कई रेडियो रूपक रेडियो विभाग के द्वारा प्रस्तुत किये जा चुके हैं।

वर्तमान स्थिति को देखते हुए मोहन जी की यह पुस्तक 'स्पर्श' समस्त मानव समाज के लिए प्रेरणास्रोत बने और वो अपनी लेखनी से नये-नये उपमानों के माध्यम से समाज को नयी दिशा देते रहें।

डॉ. विजय कुमार पाण्डेय
एफ.128, पनकी, कानपुर

शुभकामना

श्री मोहन लाल जी मिश्र से मेरा परिचय कुछ क्षणों का ही है किन्तु सुयोग कहिए या संयोग, मेरे पास उनकी शिरडी सांई बाबा, श्री सत्य सांई बाबा के चरण-कमलों में भावांजलि स्वरूप समर्पित कुछ रचनाएं अवलोकनार्थ आ गयी। भावविभोर पढ़ते-पढ़ते, मन पहुँच गया भक्त कवि तुलसी की रामायण-गणना में "रामायण सत कोटि अपारा" बाबा ने गणना की, सौ करोड़ रामायणें लिखी गयी। लिखकर उलझ गए, यह क्या गणना की मैंने ? और झट से 'अपारा' लिखकर आश्वस्त हो गए, क्योंकि 'हरिअनन्त हरि कथा अनन्ता' अनन्त हरि की कथाएँ तो अनन्त हैं। कब से लिखी जा रही हैं, कब तक लिखी जायेगी, कौन गिनेगा ?

दूसरा प्रश्न फिर मन में आया, किसको मिलता है यह सौभाग्य ? जिसे रघुराई मिल जाये, किन्तु रघुराई मिलेंगे कैसे ?

"भोले भाव मिलें रघुराई"

स्वयं भगवान ने कह दिया

"निर्मल मन जन सो मोहि पावा"

और मजे की बात यह कि-

"यह सब साधन ते ना होई, राम-कृपा पावे कोई-कोई।"

यह भी निश्चित हो गया, राम की कृपा से ही इसका अधिकार कोई-कोई ही पा सकता है। अपने 'साकेत' में श्री गुप्त जी ने भी स्पष्ट बता दिया -

"राम तुम्हारा नाम स्वयं ही काव्य है, कोई कवि बन जाय, सहज संभाव्य है।" प्रभु का नाम स्वयं काव्य है, इसका गुण-गान करने वाला सहज ही कवि बन जाता है।

विचारों ने फिर करवट ली प्रभु की कृपा और पूर्वजों के पुण्य से ही भगवान का गुणगान कोई कर सकता है, सुन सकता है। इस साहित्य में हित ही हित, इसकी विशेषता अलग।

साहित्य में एक बात को बार-बार कहने से पुनरुक्ति दोष माना जाता है किन्तु भक्ति में वही सबसे बड़ा गुण-

"राम नाम ने सुनत अघाहीं, रस विशेष जाना तिन नाही"

इसमें वाग्जाल की आवश्यकता नहीं-

जिस प्रकार बालक की तोतली बात भी माता-पिता को सुख से भर देती है, उसी प्रकार भक्त की सरल मनोहर भरी पुकार और गुहार भी भगवान को आनन्द से भर देती है।

कवि श्री मोहन लाल जी मिश्र भी 'धीरज' के साथ उसी श्रृंखला की एक कड़ी में लग गए। शिरडी तथा पुट्टीपार्थी को देखे बिना ही, अपने प्रभु के आदेश-निर्देश स्वप्न में पाकर, उन्हीं की प्रेरणा से अपने भव्य-भावों की सुमनांजलि लेकर प्रतीक्षा-रत उन्हीं प्रभु के चरणों में प्रत्यक्ष प्रकट होने के लिए।

भक्त और भगवान के बीच आना न तो मेरा अधिकार है, न सामर्थ्य। अपने प्रभु के बल पर ही केवल आशीष दूंगी- भक्त कवि का जीवन सार्थक हो, जीवन का प्रत्येक पल, प्रभु-प्रेम से, प्रभु-प्रसाद से परिपूरित हो।

25 दिसम्बर, 1997

मंगलमय कामनाओं के साथ
कीर्तिशेष धनवती मिश्र

माँ वाणी को कोटिशः प्रणाम!

विनम्र निवेदन,

मैं कितना भाग्यशाली हूँ कि मेरा जन्म ऋषि मुनियों की पावन भूमि भारत वर्ष में हुआ। मुझे गौरव का अनुभव होता है कि इस देश के सन्तों ने भारत को ही नहीं वरन् सम्पूर्ण विश्व का मार्ग प्रशस्त किया है। विश्व विजयी भारत सोने की चिड़िया के नाम से विख्यात रहा है। समय-समय पर भगवान अनेक रूप में प्रगट हुए।

राम, कृष्ण, गौतम बुद्ध तथा नानक आदि ऐसी शक्तियों ने सृजन के लिए समाज को एक अच्छा स्वरूप प्रदान किया इसी परम्परा के अनुरूप जन मान्यता के अनुसार भगवान शंकर शिरडी के सांई बाबा के रूप में अवतरित हुए।

बाबा को कोटिशः प्रणाम!

मैं निश्छल भाव से स्वयं आन्तरिक हृदय अनुभूति को शब्दों में पिरो कर, प्रस्तुत प्रसंग शंकर के प्रतिरूप नाम अनाम सुनाम शिरडी के सांई बाबा के श्री चरणों में समर्पित करता हूँ। सांई दर्शन ही आज मानवता को पोषण दे रहा है अन्यथा राष्ट्र रसातल में चला जाता। मैं विश्व के सभी सांई भक्तों के प्रति आदर भाव व्यक्त करते हुए प्रणाम करता हूँ। जय सांई राम, संत सांई, व्यक्त है अव्यक्त है, अच्युति है, अक्षर है, काल परिधि से भी ऊपर है। प्रेम, सत्य तथा सृजन का समन्वय सत्यम शिवम सुन्दरम् है, उनके गुणों को शब्दों में नहीं बांधा जा सकता।

उनके जीवन की चमत्कारिक यात्रा का वर्णन भी अद्भुत है। आज शिरडी के सांई बाबा के अवतार श्री सत्य सांई बाबा हमें संचालित कर रहे हैं। सूरज अपनी किरणें बिखेर रहा है, जो चाहे बटोर ले अन्यथा अंधेरे में ही भटकना होगा।

स्वप्नावस्था में सत्य श्री सांई बाबा के दर्शन अनेक बार हुए। मुझे वो क्षण भूलते नहीं। उनकी कृपा का अनुभव करता हूं। मेरी स्वयं की इच्छा है कि इस पुस्तक का विमोचन श्री सत्य सांई बाबा के हाथ से हो। भविष्य के गर्भ में क्या है? बाबा ही जान सकते हैं।

सांई भक्त सुहृदय स्नेही सुरेन्द्र नाथ मिश्र, डॉ.सी.पी. सिंह, जी.एम. त्रिवेदी, डॉ.राम प्रकाश तिवारी, रजनीन्द्र दीक्षित, डॉ. नरेन्द्र सिंह सेंगर, प्रो.वीरेन्द्र सिंह, श्री एस.डी. त्रिवेदी

के विचारों का सदैव ऋणी रहूंगा कि जिन्होंने पुस्तक लेखन में प्रत्यक्ष-अप्रत्यक्ष रूप से सहयोग दिया। विशेष रूप से वेद प्रकाश त्रिपाठी एडवोकेट का ऋणी हूँ, उन्होंने कामतानाथ की महिमा बताई।

मेरे अनेक सांई भक्त मित्र उनके प्रति मैं आभार व्यक्त करता हूँ। मेरा अपना विश्वास है मानव स्वयं कुछ नहीं कर सकता जब तक कण-कण में व्याप्त परमपिता की कृपा नहीं प्राप्त हो जाती है। आपसी सम्बन्धों में प्रगाढ़ता या न्यूनता का होना सब प्रभु की देन है। मेरे लेखन में प्रत्यक्ष तथा अप्रत्यक्ष रूप से अनेक व्यक्तित्व समाहित हैं। मेरी पत्नी ने बाह्य रूप से लेखन में बाधा पहुँचायी अनेकों बार वाक युद्ध हुए। परंतु इसके उपरांत उसके आंतरिक प्रेम ने ही मुझे वह प्रेरणा शक्ति दी जिसके कारण मैं लेखक बन सका। उसका स्वभाव नारियल के समान है ऊपर से कठोर अन्दर से अत्यधिक मुलायम। उस देवी का भी सदैव ऋणी रहूँगा, जिसने मेरे जीवन को पतझड़ से बसंत में बदल दिया। मेरे और उसके मध्य वैचारिक मतभेद सदैव रहा और रहेगा। व्यक्ति कल्पना और आदर्श के सहारे जीवन को सुन्दर बनाने का स्वरूप प्रस्तुत कर सकता परंतु यथार्थ में तभी ढाल सकता है जब भौतिक संशोधन हो। यह तभी सम्भव होगा जब वह अपनी दृष्टि भौतिकवादी बनावे। कोरी भावुकता व्यक्ति को कष्ट ही देती है, इसीलिए वह सदा यथार्थ की बात करती हैं। प्रारम्भ से आज तक प्रगाढ़ प्रेम के कारण ही परमपिता परमात्मा के स्वरूप को पहचाना जा सका। मेरे जीवन को सजाने संवारने तथा आनंद प्रदान करने में मेरी पत्नी का बड़ा योगदान है। उसने सफल गृहिणी के कर्तव्यों का पालन विपरीत परिस्थितियों में किया। उसके विचार ठोस धरातल यथार्थ की भूमि पर हैं जब कि मैं कल्पनाओं में बहता हुआ सांसारिक सत्य को भूल जाता हूँ। मेरा विश्वास है मनुष्य अच्छा है, परन्तु वास्तविकता यह है कि वह अच्छा भी है, बुरा भी है। धन के अभाव में कोई भी कार्य सम्भव नहीं हो सकता इसलिए मांगलिक तथा अध्यात्मिक कार्य के लिए भी धन की आवश्यकता होती। मैं अपनी पत्नी के प्रति कृतज्ञता का भाव अर्पित करते हुए सदैव जन्म जन्मान्तर तक उसे अपार सुख मिले, चांद और सितारों से आंचल भरा रहे। यदि मैं कुछ दूँ तो वह उसके आंतरिक प्रेम की परिणित ही है।

जीवन यात्रा में अनेकानेक यात्रीगण मिलते हैं किससे सुख किससे दुःख मिलता है कोई स्मृतियों में बस जाता है। प्रेम पूर्ण व्यवहार ही जीवन का सार तत्व है।

सत्य सांई बाबा आज भौतिक रूप से नहीं है परन्तु उनके द्वारा दिखाया हुआ मार्ग आज हमारे सामने है। प्रेम की अनुभूति ही जीवन का परम लक्ष्य है।

In his own words "This Sai has came in order to achieve the supreme task of uniting the etire man-kind as one family through the bond of brotherhood of affirming a illuminating the cossmic reality of each being to reveal the Divine as the basis is which the entire cosmos rests and of instructing all to recognise the common Divine Heritage and that binds persan to person so that humans can rise up to the Divine which is the goal."

His formula for leading a meaningful life is the five fold path of Truth, Righteostness Peace, Love & Non Violence. Love for God, fear of wrong doing & moriality are His prescriptions for healing our world.

Minimum qualification for grace is surrunding of ego.

मैंने जो एक सांई भक्त के रूप में अनुभव किया वही लिखा। लेखन में जाने अनजाने कोई भूल हो गयी हो तो क्षमा प्रार्थी हूँ।

मान्यवर आचार्य,

> *मन की चंचलता*
> *सागर की लहरों*
> *की तरह*

Lord Krishna

> *Protect me*
> *Guide me*
> *Elumin the lamp*
> *of my heart,*
> *Make me*
> *shining star*
> *Thou almighty*
> *and powerful*

Lead me

from darkness to light

from Untruth to truth

from death to immoratality

Have this feeling all should be happy and healthy no one suffer at the least.

सभी सुधी पाठकों को यथोचित सत्कार के साथ एक भक्त की प्रार्थना।

Love & Blessing to all.

-मोहन लाल मिश्र धीरज'

149 सिविल लाइन्स, उन्नाव (उ.प्र.)

पिन कोड 209801

ॐ नमो भगवते वासुदेवाय

युग-परिवर्तक

शिरडी के सांई बाबा

एवं

सत्य सांई बाबा

को

शब्द सुमन

श्रद्धा

से

सादर समर्पित

-मोहन मिश्र धीरज'

अपनी बात

सांई भक्त विश्व विख्यात लेखक हावर्ड मर्फेट तथा प्रकाश नगाइच के प्रति भी आभार व्यक्त करता हूँ। सांई के पवित्र जीवन चरित्र पर पुस्तकें लिखी हैं उसको पढ़ने के बाद मुझे आत्म संतोष का अनुभव हुआ।

आज भारत वर्ष में शीर्षस्थ पदों पर विराजमान लोग भ्रष्ट आचरण के दोषी हैं। समाज में भय, अशांति तथा घृणा का वातावरण है, सम्पूर्ण विश्व स्पर्धा प्रतियोगिता में इतना व्यस्त हो चुका है कि उसने मानवीय मूल्यों को तिलांजलि दे दी है। आये दिन हिंसात्मक घटनायें होती हैं, प्राकृतिक आपदाओं का आना ये सब विनाश की ओर ले जा रहा है।

आज राष्ट्र में स्वतंत्रता दिवस पर स्वर्ण जयंती मनायी गयी। सरकारी उपक्रम के अन्तर्गत अनेक कार्यक्रम प्रदर्शित हुए। परन्तु दुःख है कि राष्ट्र प्रेमियों को स्थान नहीं मिला। भौतिक उन्नति की चर्चा की गयी। राष्ट्र के लिए सम्पूर्ण जीवन न्यौछावर करने वालों का अपमान। राष्ट्र की मानसिकता बदलने के लिए सांई दर्शन के प्रचार के साथ आत्मसात करना भी अति आवश्यक है।

इस विश्वास के साथ खण्ड काव्य सांई बाबा प्रस्तुत है कि सभी पाठकगण त्रुटियों को क्षमा करते हुए मेरे भाव पर आशीर्वाद तथा स्नेह देने की महान कृपा करेंगे।

-मोहन लाल मिश्र धीरज'

कामता नाथ जी

(1)

दसों दिशाओं में गूंज रहा यश गान तुम्हारा,
सब भक्तों के अधरों पर है नाम तुम्हारा,
जीवन ज्योति प्रकाशित हो संसार में,
कलुषित मन हो पवित्र, प्रेम बढ़े संसार में

(2)

जय जय जय स्वामी कामता नाथ,
भक्त वत्सल करुणानिधान मेरे दीनानाथ,
दुखियों के हर दु:ख दूर किया करते हो,
द्वार तुम्हारे जो आता, झोली उसकी भरते हो

(3)

बाल्मीक कवि शिरोमणि ने भी नमन किया
भु आपने उन्हें काव्य सर्जन वरदान दिया,
तेरे चरणों में बैठ तुलसी वो सब पाया,
जो मन में आया नयनाभिराम है पाया

(4)

मुख्य द्वार की शोभा का क्या कहना है,
मुखार बिन्दु चित्रकूट का पावन गहना है,
मन्द मन्द मन्दाकिनी अविरल बहती है,
माँ अनुसुइया के चरणों को प्रति पल धोती है

(5)

कामद गिर में योगी जन साधना करते हैं,
परिक्रमा का अनेक फल अति सुन्दर मिलते हैं,
बाबा तेरे चरणों में मैं स्वयं समर्पित होता हूँ,
मैं खल कामी धनहीन भाव समर्पित करता हूँ

श्रेष्ठ गुरुवर सत्य सांई बाबा

चरण वन्दना
दिव्य ज्योति पुंज
सुरभि युत कुंज।
श्रेष्ठ गुरु चरन
भक्ति भाव सुमन।
शब्द श्रृंगार अर्पन
नव रस लय छन्द।
लिपि बद्ध अलंकरण
मैं मूरख अज्ञानी।
प्रस्तुत रचना समर्पन
श्रेष्ठ गुरु चरन।
सर्वस्व प्रभु अर्पन
स्वच्छ मन दर्पन।
कोटिश: तुम्हें नमन
कोटिश: तुम्हें नमन।

माँ वाणी

स्वर्णिम किरणों के रथ में
इन्द्र धनुषी परिधानों में।
ममता का सागर लहराती
दिव्य ज्योति पीत फहराती।
माँ अब तो आ जाओ,
माँ अब तो आ जाओ।
माँ तेरे श्री चरणों में
शब्द सुमन समर्पित करता हूँ।
मैं अज्ञानी भोला भाला भाव
कुसुम समर्पित करता हूँ।
माँ अब तो आ जाओ,
माँ अब तो आ जाओ।
किस विधि तुम्हें पुकारूं
हर श्वांस समर्पित करता हूँ।
जप तप में कुछ न जानू
माँ चरणों में वन्दन करता हूँ।
माँ अब तो आ जाओ,
माँ अब तो आ जाओ।
मेरा अंधियारा हर लो माँ
शब्द शिल्प स्वर साधना हो।
खोल दो अब हृदय नयन,
सृष्टि सृजन आराधन हो।
माँ अब तो आ जाओ,
माँ अब तो आ जाओ।

सत्यं शिवम् सुन्दरम् सृजन
वरदानों से झोली भर दो।
पुण्य पाप ताप हरने वाली माँ,
मन में उजियारा भर दो।
माँ अब तो आ जाओ,
माँ अब तो आ जाओ।

गिरजानन्दन

गंगाधर के मस्तक से
निकली शीतल जल की धारा,
शिरडी पावन धन्य है भारत प्यारा
हिमगिरि पर अति पावन
माँ के संग शोभित
गिरजानन्दन मन भावन
सूर्य ओज सा आनन
प्रसन्नता बिखेरता कानन
अमृत बरसाता सावन
मंगलमय शुभकारी
अमयदाता जगविख्यात
वन्दन वन्दन अभिनन्दन,
जय हो, जय हो, जय हो
भक्त वत्सल गिरजानन्दन,
साकार निराकार
तेजोमय वरदाता
जग विख्यात
पुनः पुनः वन्दन
तेरे प्रभु चरणों में,
सब कुछ अर्पण,
जय हो जय हो, जय हो,
बारम्बार प्रणाम
श्रद्धा विश्वास
माता पिता

जगविख्याता
गिरजानन्दन
शतशत अभिनंदन।

कब से बुला रहा हूँ साईं

धरती तेरी अम्बर तेरा,
जग स्वामी सब तेरा।
दर्शन को अंखियां तरसे,
साईं कब होगा तेरा फेरा।।
कब से बुला रहा हूँ साईं,
मैं द्वार सजाये बैठा हूँ
थाल आरती वाला।
फूल धूप सुगंधित मालाएँ
साईं है मेरा जग रखवाला।
कब से बुला रहा हूँ साईं
हर मौसम शीश झुकाते
प्रकृति मनोहर मुस्कुराते।
मुझे बुला लो दर्शन को
बाबा याद तुम्हारी है आती।।
भक्तों के दु:ख दर्द मिटाते
सुख का सागर लहराते।
जब कोई मन से तुम्हें पुकारे
गुरुवर उसी क्षण में आते।।
कब से बुला रहा हूँ साईं
कण-कण में शक्ति तुम्हारी
शब्द सुमन समर्पित करता हूँ
कोढ़ी को काया अंधों को आँखें देते
भक्तों से सुनता रहता है।
कब से बुला रहा हूँ साईं

नाम तुम्हारा लेते सांई
हर विपदा मिट जाती है।
मुख पर की काली झांई
भभूति लगे मिट जाती है
कब से बुला रहा हूँ सांई
वैसे जग का हर कोना तेरा
शिरडी में चमके बाबा आभा
गुरुवर बड़े दयालु हैं
प्रशांतनिलियम में तेरी शोभा
कब से बुला रहा हूँ सांई।

पुनः समर्पण

दिव्य ज्योति पुंज
सुरभि युत कुंज।
श्रेष्ठ श्री गुरु चरन
भक्ति भाव सुमन।
शब्द श्रृंगार अर्पन
नव रस लय अयन।
लिपि बद्ध अलंकरण
मैं मूर्ख प्रभु शरण।
प्रस्तुत रचना समर्पन
श्रेष्ठ श्री गुरु चरन।
सर्वस्व प्रभु अर्पन

प्रार्थना

दयासागर

(1)

दयासागर प्रभु अब तो दया कर दीजिये
भटका बहुत हूँ अब तो मार्ग प्रशस्त कीजिये।
अवगुणों की खान हूँ अज्ञानता से भूल मेरी
मेरे प्रभु स्पर्श दे क्षमा मुझको कीजिये।।

(2)

मेरे आंगन की कली जो गोद में है पली
बोलो प्रभु दो वरदान जैसे मिश्री की डली।
सुगंधित हो संसार उसके गुणों से सदा
झांई मिटा दो, फूल बन खिले मेरी लली।।

(3)

सौगंध है आज मेरी स्वामी आपको
श्रद्धा सुमन है समर्पित स्वीकार प्यार से।
कालिमा दूर हो तेरे ज्योति के प्रकाश से
मिटे क्लेश सब इस घर संसार से।।

(4)

मुख कंचन सा हो रवि शशि की आभा
ऐसी कृपा हो सदा मिटे दु:ख की छाया।
भक्तों का पथ निष्कंटक पथ पर हो फूल

चरणामृत से स्वच्छ बने कंचन सी काया।।

(5)

जग के स्वामी माया पति घनश्याम
कोमल भाव सुन्दर शब्द मनोहर श्याम।
जग प्यार करे मेरे गीतों से हो श्रृंगार
उसको वर सुन्दर दो मेरे नयना अभिराम।
दयासागर प्रभु अब तो दया कर दीजिये।।

कथा मनोहर
शिरडी के सांई नाथ

(1)

जब जब अत्याचार बढ़ता है
जब जब पाप बढ़ा करता है।
धरती माँ भी अकुलाने लगती है
तब तब प्रभु अवतार हुआ करता है।।

(2)

अत्याचार दुराचार व्यभिचार मिटाने को
धर्म स्थापना कर अधर्म मिटाने को।
साधू जन की दु:ख पीड़ा हरने को
नाना रूप रचाते हैं बाबा लीला करने को।।

(3)

रावण का जब अति अत्याचार बढ़ा
उसे मिटाने राम रूप धारण कर आये।
क्रूर कंस ने जब भक्तों को सताया
पांचजन्य शंख बजाते कृष्ण रूप धर आये।।

(4)

कभी राम तो कभी श्यामल श्याम सलोने
कभी गौतम बुद्ध कभी सांई बन जाते।
करुणा का सागर उपदेश मनोहर देते
कभी ब्रज बालाओं संग मिल मुरली बजाते।।

(5)

संसार जगत के प्रभु आधार तुम्हीं हो
घट घट वासी कण कण में व्याप्त तुम्हीं हो।
जड़ चेतन माया काया में भी तुम्हीं हो
कवि में सृजन शक्ति भी तुम्हीं हो।।

(6)

अव्यक्त को व्यक्त करूं
वह मुझ में सामर्थ्य कहाँ है।
श्रेष्ठ प्रवर गुरुवर स्वयं व्यक्त हो
पर मुझमें वो ज्ञान कहाँ है।।

(7)

सर्वव्यापक चिर अमर सर्वज्ञ
भक्त वत्सल करुणा निधान प्रवर।
वेद पुरुष ज्ञाता ध्याता रहस्य
ज्ञानी ध्यानी युग श्रेष्ठ गुरुवर।।

(8)

अवतारों का जन्म नहीं होता है
समय समय पर प्रकट हुआ करते हैं।
जग का गहन अंधकार मिटाने को
दिव्य ज्ञान ज्योति जलाया करते हैं।

(9)

कथा मनोहर कर्ण प्रिय कहता हूँ
कैसे हुए अवतरित सांई बाबा।
शिरडी वाले पितामह जीवन यात्रा वर्णन
सुनाता हूँ गूढ़ रहस्य मुख सत सांई बाबा।।

(10)

शिरडी वाले बाबा और पुट्टा पार्थी वाले
समय समय के हुए हैं आचार्य प्रवर।
पर बाबा एक हैं दूजे प्यारे बाबा हैं
दोनों ही है जग के भक्त वत्सल गुरुवर।।

(11)

अंग्रेजों का शासन क्रूर बहुत था
भारतवासी खूब सताये जाते थे।
जनता मनमाने ढंग से लूटी जाती थी
निर्दोषों पर कोड़े बरसाये जाते थे।।

(12)

हिन्दू मुस्लिम लड़वाये जाया करते थे
तरह तरह की चाल चली जाती थी।
झूठी कानूनी जंजीरों में जकड़ा जाता
निर्दोषों को सजा दिलाई जाती थी।।

(13)

अट्ठारह सौ अड़तालिस को दक्षिण में
सूरज संज्ञान लिये निकला था।
प्यार सुगन्ध बिखेरे चारों ओर
ऐसा प्रेम पूर्ण एक पुष्प खिला था।।

(14)

सम दृष्टा युग परिवर्तक स्वामी
जन प्रिय संत की है यही कहानी।
कभी न करते थे, वो भेद भाव
चाहे भिक्षुक-भिक्षुणी हो या राजा-रानी।।

(15)

गंगा भावडिया उसकी पत्नी देवगिरम्मा
दोनों शिव गौरा के अनन्य पुजारी थे।
भेद-भाव ऊँच-नीच का था बोल-बाला
उस पर नीच चतुर अंग्रेज व्यापारी थे।।

(16)

भारत माँ के पैरों में थी जंजीरें
अफसर बड़े-बड़े करते थे मनमानी।
जनता फँसी कुटिल चक्र में रोती थी
दूर देश अंग्रेज बहुत थे अभिमानी।।

(17)

पाखंडी अपने को पंडित कहते
लालच का होठों पर लगता पहरा।
हर कोई सहमा-सहमा सा लगता था
असली चेहरे पर था नकली चेहरा।।

(18)

सांई शिरडी वाले कैसे थे जन्मे
कब जन्मे, नहीं जानता था कोई।
सत सांई एक दिन भक्तों से बोले
कही कथा भक्तों जान लो सब कोई।।

(19)

रात अंधेली थी बूंदा बांदी होती थी
गंगा भवडिया की नाव वहाँ अकेली थी।
वह पत्नी से यह कह कर चला गया
इसी बीच बन गयी वो एक पहेली थी।।

(20)

उसकी गृहिणी ने जाने-अनजाने में
शिव, शक्ति माँ गौरा की पूजा कर डाली।
वह समझी साधारण याचक
आशीष सूनी गोद भरे मस्तक शोभित हो रोली।।

(21)

देवगिरम्मा की सेवा कर आंख लगी
दो पहर बीत गये पति ने उसे बुलाया।
वह चेतन हो अति प्रसन्न कथा कही
गौरा गौरी ने वर दे मुझे जगाया।।

(22)

गंगा भावडिया नाविक के नैनों से
प्रेम अश्रु धारा अविरल बहने लगी।
पति-पत्नी ने शिव को पुत्र रूप में मांगा
ऊषा बेला में पवन सुगंधित चलने लगी।।

(23)

दिन प्रतिदिन बन वर्ष पूर्ण हुआ
प्रभु ने दो पुत्र क्रमश: दे डाले।
अब की बार पुत्र रूप धरे शंकर
माता ने शिव समान ही थे पाले।।

(24)

सत सांई बाबा मधुर वचन बोले
एक दिन बैरागी बन गंगा चला गया।
कब कैसे क्यों क्या घटित हुआ
बस समझो वह भक्ति करने चला गया।।

(25)

गौरी, गौरा का स्मरण करती वह माँ
प्रसूत दर्द का अनुभव अम्मा करती थी।
देवता गण ऋषियों संग पुष्प डालते
प्रकृति नटी अपने ढंग अनुभव करती थी।।

(26)

असह वेदना सह कर निर्जन में देवी ने
शिव माँ बनने का गौरव पाया।
गुरु श्रेष्ठ चरन धोकर धरती धन्य हुई
सुमन खिले सुन्दर नीला अम्बर मुस्कुराया।।

(27)

मानवता का संदेश प्रेम पाठ पढ़ाने
धर्म स्थापना, अधर्म मिटाने प्रभु आये।
शिव शंकर ने जग में बालक रूप धरा
सत्यं शिवम् सुन्दरम् रहस्य बताने आये।।

(28)

कण-कण में जल-थल में व्याप्त तुम्हीं हो
लीला करने का शिरडी बाबा रूप धरे हो।
भक्तों के अति अंधियारे मन में
तुम प्रेम ज्योति बन कर ही दीप स्नेह भरे हो।।

(29)

भारत पावन गरिमा में सम्वर्द्धन को
आचार्य प्रवर तरह से लीला करते रहते हैं।
जग में भक्तों की पीड़ा हर लेने को
बाबा शिरडी वाले सत सांई बनते रहते हैं।।

(30)

संयम की पाषाण खंड गुरु आसन था
दस अश्वों के अनुशासन पर मन स्वामी था।
सूरज सा मुख पर अद्भुत तेज चमकता था
जन कल्याण का संकल्प लिये सबका स्वामी था।।

(31)

जन कल्याण, जन जन में मंगल हो
प्रेम की रस धार बहाने स्वामी आये।
भक्तों को सद्मार्ग दिखाने वाले
प्रेम के पथ पर चलना सिखाने आये।।

(32)

गुरुवर की सेवाएं रूप छटा धूम धाम से
गुरु के दिन सवारी निकला करती थी।
भजन भाव श्रद्धा सुमन लेकर
सांई भक्तों की टोली चलती थी।।

पूर्व अवतार कथा

देव-वन्दित मातृ भूमि भारत
को कोटिश: प्रणाम।
आदि शक्ति माँ अम्बे,
कुमार गणेश, माँ जग जननी,
माँ वाणी
को कोटिश: प्रणाम,
राष्ट्र की सोंधी माटी
को प्रणाम,
ऋषि मुनियों
को प्रणाम,
धरती माँ के कण-कण
को प्रणाम,
ऋषि श्रेष्ठ आचार्य प्रवर
ज्ञानी विज्ञानी, निरअभिमानी
निरंतर एक शतक अध्ययन करते रहे।
ज्ञान प्राप्ति की पिपासा
शांत न हुई
मृत्यु सामने आ गई
देवराज इन्द्र
को प्रणाम
शत शत प्रणाम
कोटिश: प्रणाम
आयु वर्ष शतक दे प्रभु
एवमस्तु
यही क्रम
करोड़ों वर्षों से चला आ रहा है

परंतु पिपासा शांत न हुई
ज्ञान सागर के तट पर खड़ा हूँ
वास्तविक तथा पूर्ण ज्ञान से दूर हूं
जीवन निर्धारित सांसों की योजना है
यज्ञ का अनुष्ठान करो मंगलमय स्कन्द माता
का आवाहन करो माता की प्रसन्नता ही
ज्ञान की पिपासा को शांत
कर सकती अन्यथा दूसरा उपाय नहीं
ऋषि, हिमाच्छादित कैलाश पर पहुँचे
देवाधि देव महादेव चन्द्रमौली
भगवान शंकर और माता
नृत्य प्रतियोगिता में व्यस्त थे
अत्यन्त प्रिय प्रतियोगिता में
मुनि श्रेष्ठ खो गये
नृत्य की मुद्रा में
यज्ञ में आने की
स्वीकृति माँ ने दे डाली
संकेत समझे न समझे भरद्वाज
पक्षाघात से ग्रसित हो गये
भगवान शंकर के स्पर्श मात्र से
स्वस्थ हो
माँ की स्तुति की
यज्ञ निर्विघ्न सम्पन्न हो
ज्ञान पिपासा शांत थी
गंगाधर बोले
वत्स कल्याण हो
तुम्हें ज्ञान हो
सतयुग में प्रभु कथन था
कलयुग में
शिरडी के सांई बाबा
सत्य सनातन भक्त वत्सल

करुणा निधान सहज, सरल
प्रेम के स्वरूप आनंद रूप
सत सांई बाबा
रूप धर
प्रकट हो
जन मानस का मार्ग
प्रशस्त करूंगा
यही पूर्व कथा
गुरु वचन
चरण वन्दन
सत सत वन्दन
अभिनन्दन।

महान सन्त

अंग्रेजों की कूटनीति में
भारत पूर्ण रूप से बंधित था
फूट डालो की नीति
मोम से मुलायम बाह्य रूप
कानूनी अनुशासन के सहारे
जनता के प्रति उनका
अत्याचार अनाचार बढ़ रहा था
हिन्दू मुस्लिम सिख ईसाई
बन जाये सब भाई-भाई
पावन प्रेम की गंगा बहाई
राई पर्वत, पर्वत को राई
करते हुए अवतरित मेरे सांई
युग-युग में सबका दीप जले
यही संकल्प के साथ
शिरडी, बाबा की
बन गयी लीला स्थली
ऋषि भूमि बन गयी
देश विदेशों में
धूम मच गयी
चमत्कारिक कथाएँ
प्रचलित भक्तों के अधरों पर
मानवीय उत्थान
भय मुक्त समाज
निर्झर झर झर
बहता झरना छन छन छन
प्रेम है सांई प्रेम है सांई

सांई सांई सांई।
मस्तक पर श्वेत वस्त्र
मुकुट सा सुशोभित
तन पर अति आकर्षक
वस्त्र अनुपम दिव्य
संयम पाषाण खंड
ज्योतिमय दिव्य स्वरूप
मुख से आनंद झलकता
नैनों में प्रेम का सागर
लहराता
त्रिकालज्ञ, रुद्र
भगवान शंकर के प्रतिरूप
सूक्ष्म से अनंत
अनंत से सूक्ष्म
जीवन, मृत्यु
जिसके सेवक
भाग्य विधाता
सुधा प्रेम जगाता
भक्तों को हर्षाता
प्रेम गीत गाता
गीता रहस्य बतलाता
कुरान पाक, बाइबिल होली
अवेस्ता, गुरु ग्रंथ साहिब
विश्व बन्धुत्व जागरण
भक्तों की टोली
आशीर्वाद रोली
सदा सत्य पथ
सदा मीठी बोली
समझो ब्रज होली
प्रेम ठिठोली
बाबा चिर समाधि

पूर्व बोले
भक्तों में पुन:
सत्य सांई रूप
आऊंगा
पुन:
मार्ग दिखाऊंगा
महान सन्त
को कोटिश: प्रणाम
शब्द भाव सुमन
सांई के नाम अर्पण।

सत सांई

अज्ञानी, अबोध तथा खल कामी मैं हूँ
स्वयं जानता हूँ पहचानता हूँ
निश्छल, निष्पाप, भक्तवत्सल
शंकर के प्रति मूर्ति सहज सरल
सर्व धर्म समभाव समर्थक
पर सेवा उपकार परिश्रम अथक
सर्वशक्तिमान जन सम्मान
आन तान सदा शिव ध्यान
शिरडी वाले सत सांई नाम
कर्म योगी महान तुम्हें प्रणाम
मुझ अकिंचन पर दया वर्षा
आशीष पाकर मन हर्षा
अति सुन्दर आनंदमय सांई राम
हाथ उठा दे दे आशीर्वाद
जय सांई राम
प्रभु नयनाभिराम
आकर्षक सुन्दर घने घुंघराले बाल
पुहापार्थी जन्मे
श्री सत्य सांई राम
कर्मयोगी निष्काम
सत्य, प्रेम शांति और धर्म
चार स्तम्भ पर विश्वास जुड़ी
मानव समाज की परिकल्पना
सत्यं शिवम् सुन्दरम् की कल्पना
युग युगांतर से
सतयुग त्रेता द्वापर

कलयुग में महिमा
अपरंपार
त्रिकालज्ञ, सर्वज्ञ
शांतिमय अतिशय शांत
ज्योतिमय ओज तेज पुंज
सत्य वादी हरिश्चन्द्र
त्रेता में रामचन्द्र
द्वापर में कृष्णचन्द्र
कलयुग केवल चन्द्र
शिरडी के सांई राम
सीधे सादे भोले भाले
माथे ऊपर घुंघराले बाल
छवि जैसे शोभा राजाराम
सत सांई गुरुवर प्रवर
तुझको शत शत प्रणाम
प्रभु चरणों को प्रणाम
चरणों की धूली को प्रणाम
प्रभु भक्तों को प्रणाम
कण-कण को प्रणाम
धन्य भूमि शिरडी को प्रणाम
पावन पुट्टापार्थी को प्रणाम
बाबा की पद धूली
को बारम्बार प्रणाम
बाबा तेरे भक्तों को प्रणाम
तन मन धन
प्रभु चरणों में अर्पण
भक्ति विधा को
प्रणाम प्रणाम प्रणाम

आत्म परिचय

शिरडी धाम
तुझको प्रणाम
तेरी धूली को प्रणाम
धन्य है तू
शंकर के अंश से
अवतरित
षोठश वर्षीय तेजस्वी बालक
देवालय के जीर्ण शीर्ण द्वार पर
नीम के पेड़ के नीचे
ध्यान मग्न बाल योगी पर
कोमल दृष्टि पड़ते ही
ग्राम वासियों में से एक ने
प्रश्न कर डाला
तुम कौन हो?
कहाँ से आये हो?
खिलखिलाकर हंसा
और हंसता रहा
मुख पर तेजोमय आभा
नेत्रों में आकर्षण, सुन्दर, स्वरूप
सहज सरल
जैसे एक सुन्दर स्वप्न
अबोध शिशु की मुस्कान
यशस्वी पूर्ण युवा वर्ष अट्ठाइस
कोई देखता
ज्ञान गरिमा से मंडित
योगी हो एक वर्ष अट्ठाइस

वहाँ पर उपस्थित
सबने अलग-अलग
स्वरूप निहारा
अति आनंदित हुए
द्वापर का मन मोहन
कुछ क्षण लगा
शिरडी जैसे वृन्दावन
नवाब अपने घोड़े की तलाश में
अव्यवस्थित दु:खी मन से
प्यारे अश्व को ढूंढ़ रहा था
भीड़ के निकट जाकर
पूछा किसी ने देखा है क्या ?
एक साथ स्वर उभरा
नहीं
उदास मन अनायास
दृष्टि पड़ी
नीम वृक्ष के तले
तेजस्वी अवधूत विराजमान
आओ नवाब
कृष्ण अश्व दूधिया टीका
ढूंढ़ रहा हूँ
उसने चिमटा धरा पर पटक
अग्नि प्रज्ज्वलित की
अभय स्वर उठा
आवाज की आओ
घोड़ा हिनहिनाता आ गया
चमत्कार बस हो गया
जय जयकार हो उठी
कली-कली खिल उठी
चर्चा सब अधरों पर थी
बाबा ने पीड़ा लोगों

की हरी थी।
चमत्कार यात्रा की
यह पहली कड़ी थी
गुरुवर का दिन
गुरुवार
झांकी श्रृंगार सृजन
जन मानस उमड़ता था
प्रेम की अमृतमय वर्षा
में सब भीग जाते
वो कितने
सौभाग्य शाली थे
बाबा को नमस्कार
अवधूत को नमस्कार
चमत्कार को नमस्कार
नमस्कार को नमस्कार
दूर भागते विकार
सृजन को नमस्कार
शिरडी को नमस्कार
उसकी धूलि को नमस्कार
जन जन को नमस्कार
शंकर अवतार
शंकर के प्रतिमूर्ति
कल्याणपद मार्ग प्रशस्तकर्ता
बाबा को
हम सबका नमस्कार
कौन हूँ
कौन जानता है
भटकता है
बाबा
सर्वव्यापक सत्य है
हर हृदय में रहते है

यही है
उन्हें कोई बांध नहीं सकता
असीम
सर्वशक्तिमान है
फिर भी
प्रेम के बन्धनों
बंधे
उन्हें देखा गया
आगे
वो ही जाने
पुन: नमस्कार

बाबा तेरे रूप अनेक

काल, महाकाल
कालों के काल
अति विकराल
गंगातट वासी
भैरो बाबा, ओ बाबा
मेरे अच्छे-अच्छे बाबा
रिम-झिम वर्षा
सों गंगा की बहती
अविरल धारा गतिमय धारा
तारण तरणी संकट हरणी
शोभामान जाये शब्दों से वरणी
माँ गंगे
तुमको प्रणाम
तेरी जलराशि को प्रणाम
बालू के कण-कण को प्रणाम
बारम्बार प्रणाम
सुन्दर मंदिर पावन मंदिर
अतिशय प्रिय अपना मंदिर
रुद्र अवतार
शंकर के प्रतिरूप
भैरव बाबा
करूणानिधान, दयानिधान
भक्त वत्सल
हर युग में अपने रूप बदलते
कभी सांई गजानन महाराज दक्षिण के
कभी प्रेम के देवता धरमावलेम के

बाबा
तेरे रूप अनेक
जो तेरी सीढ़ी पर
शीश झुकाता
वह सब इच्छा फल पाता।
बाबा मैंने तेरा रूप निहारा
गंगा तट वासी
घट-घट वासी
कण-कण की शोभा
अणु-अणु की आभा
सूक्ष्म से सूक्ष्म, सूक्ष्मतम
वृहद से वृहद वृहदतम
शून्य आकाश में व्याप्त
भक्तों की पंक्ति में
अंतिम भक्ति के रूप में
खड़ा हूँ
बाबा तुम्हारे दर्शन को
समय सीमा में बंधा
प्रभु की प्रतीक्षा में
हृदय नैन खोल दो
अपने द्वार खोल दो
तम सारा हर लो
प्रकाश उर में भर दो
बाबा
हृदय से स्वागतम
शुभ स्वागतम।

व्यापकता

सार भौमिक सत्य
सम्पूर्ण विश्व में एक जाति
मानव जाति
एक ही भाषा
प्रेम की भाषा
सर्वव्यापी एक से अनेक
अनेक से बस एक
आत्मा परमात्मा
प्रेम
एक ऐसा साधन है
जिसके माध्यम विश्व विजय
इसके माध्यम से
बाबा में समा सकते हो
और बाबा इसमें
पूरा आकाश
इन नयनों में
बाबा के द्वार जाने वाली पगडंडी है
सत्य, अहिंसा, प्रेम
बाधित करते मार्ग
घृणा, द्वेष और ईर्ष्या
बाबा के भक्तों छू नहीं पाते
उन्हें प्रेम से ही बांधा
जा सकता है
प्रेम और सेवा की भावना से किया कर्म
बाबा का कार्य है
उनकी निकटता का

आनंद मिलेगा
अन्यथा
प्रभु से दूर हो जाओगे
दुःख के जंगलों में भटक जाओगे
अध्यात्म के सूरज
का आवाहन करें
गुरु के चरणों में
वन्दन करें वन्दन करें
ज्योति आगमन
तम का गमन
श्री प्रभु चरण
सांई नाम मनन
प्रकाश-पुँज से प्रफुल्लित किरणें
दिव्य प्रकाश
भक्तों के हृदय आलोकित करता
मानव हर्ष से सेवा भाव करता
शिक्षा के माध्यम ज्ञान उगता
राष्ट्र देव, राष्ट्रमाता मानवता
के मूल रहस्यों को बतलाता
भारत का मान सम्मान बढ़ाता
गौरव पताका लहराता फहराता
प्रेम की निष्कपट सुगंध बहाता
विश्व बन्धुत्व भावना जगाता
भक्तों को तम से प्रकाश में लाता
अभयदाता ज्ञानदाता जगविख्याता
और कौन ?
मेरे अपने आचार्य प्रवर
पुरुषोत्तम अतिश्रेष्ठ गुरुवर
सहज, सरल, सबल
प्रणाम।

सांई बाबा के सत्य सिद्धांत एवं ब्रह्म ज्ञान

जीवन
श्वास के आने जाने की
मात्र कथा न बने
जीवन को सार्थक बनाओ
अनेक तथ्यों का बोध
त्याग की भावना
प्रभु कृपा, गुरु ज्ञान
लोभ, त्याग
शुद्ध आचरण
विचारों की पवित्रता
संयम, इन्द्रियों को नियंत्रित
माया जाल से विरक्त
अनुराग
पाप से घृणा
मुक्ति की इच्छा
दिन प्रारम्भ करो प्रेम से
और उसे भरो प्रेम से
सदा व्यय करो प्रेम से
अंत भी करो प्रेम से
भगवान जन्मते प्रेम से
संसार प्यार का ही सार है
और मिथ्या व्यापार है
सप्ताह में आता
गुरुवर का दिन गुरुवार
भक्तों के संग सजती सवारी
अमृत वर्षा और लुटाते प्यार

नगर अहमदाबाद में
रहता था अभिमानों से
वाक् पटुता, कला व्यवहार
से निपुण धनी मानी जानी
पर वह था दम्भी अहंकारी
सेठ आया
जब निकले सांई की सवारी
ब्रह्म ज्ञान की प्राप्ति चाहता था
जैसे बाजार में कोई चीज बिकती हो
इस बिन्दु पर एक साधू से
उसने अहम की बात की थी
सांई ने
उसके कलुषित मन की
हर बात जो भी थी जानी
सेठ में पंक्ति भेद की भावना थी
ऊंच-नीच जाति भेद भी था
ठगने की कला में प्रवीण था
बाबा ने एक नाटक
उसको दिखलाया
और उसकी परीक्षा ली
धांधू जाओ सौ रुपये सेठ से लाओ
वह गया खाली हाथ लौटा
तीन जगह भेजा
पर वह निराश लौटा
वह सेठ सब देखते मुस्कराता रहा
बाबा उसके मनोभाव देखते रहे
अन्त में
बोले
सेठ!
मैं तेरी परीक्षा ले रहा था
तेरे वस्त्र के भीतरी भाग में

सौ-सौ के अट्ठाइस नोट हैं
पर मुझे परेशान देख
तू द्रवित न हुआ
सूखा रेगिस्तान की तरह
माया में लिप्त
अहंकारी
तू ब्रह्म ज्ञान क्या जानेगा?
पहले संसार की हर वस्तु त्यागो
अहं दम्भ छोड़ो
निश्छल हो
समर्पित हो
तब जानोगे
अभी तुम जाओ
भक्तों की जय जयकार से
नगर गूंज रहा था
समान रूप से
आपस में जाति भेद, धर्म भेद
भूलकर एक साथ भोज कर रहे थे
बाबा
सबको तत्व ज्ञान बतला रहे थे
प्रेम भावना से किया
हर कार्य
प्रभु के निकट ले जाता है
संयम साधन से त्याग से
मिलता है
ज्ञान।

वायजा माँ

सांई बाबा मुक्त उन्मुक्त
सर्वज्ञ विज्ञ
न जाने बंध जाते क्यों?
निश्छल प्रेम के धागों में
निश्छल सद्भाव के सम्बन्धों से
वायजा माँ ने पुत्र माना
प्रेम में विह्वल
वायजा माँ पुत्रवत सांई
को भोज कराती
आर्थिक अभावों में
आशीर्वाद संत का हुआ
प्रतिदिन तात्या माँ सांई भोजन
मस्जिद में लाती थी
सांई प्रतीक्षा करनी पड़ती थी
एक दिन सांई प्रेम से बोले
मैं कितना कष्ट देता हूँ
नहीं बेटा तू मेरा धर्मपुत्र है
तात्या बेटा वासना का परिणाम
बाबा बोले समय से मिलूँगा
कभी तुझे कष्ट नहीं दूंगा
तात्या एक दिन जंगल गया
वहाँ पर प्रभु कृपा मंगल हो गया
मन उदास, लकड़ी बिनी
पर बहुत कम मिली
वर्षा ने रंग दिखलाया
लकड़ी भीगी

कौन खरीदेगा गीला ईंधन
कैसे साईं का भोजन होगा
अचानक सेठ रूप में
दो रुपये देकर लकड़ी ली
वह बोला पैसे अधिक हैं
लकड़ी कम है
ठीक, कल शेष दे देना
स्वीकार कर घर आया
भोजन बना
अगले दिन वह वचन निभाना
लकड़ी अधिक इकट्ठा की
प्रतीक्षा सेठ की
अचानक प्रगट और रुपये दे
बोले
वह बोले सेठ ये अधिक
नहीं तुम्हारी लकड़ी अधिक
धर्म ईमान का संवाद था
भगवान भक्त का वाद था
अंत में लकड़ी बोझ उठता नहीं था
सेठ ने कहा पेड़ के नीचे रख कर जाओ
वह चला गया
पर कुल्हाड़ी भूल गया
दो मिनट बाद उसे याद आया
लौटा देखा
कोई नहीं था
लकड़ी गायब थी
कुल्हाड़ी पेड़ से लगी जमीन पर खड़ी थी
वह आश्चर्य चकित था
घर लौट माँ से कहा था
बेटा इन सब में साईं हाथ था
वह दु:खहर्ता है

मस्जिद में जा पहुंचे
माँ बेटे
सांई सांई सांई तेरी माया
हम सब पर बाबा की छाया
सांई ने तात्या माँ का
दर्द समझ
चल घर चल कह उठे
घर आंगन जा
बैठक में बिछे पलंग के चौथे कोने
धरती को खुदवाया
कुछ समयान्तर फावड़ा धातु से टकराया
बाबा ने कलश निकलवाया
उसको पृथ्वी पर उड़लवाया
खन् स्वर्ण मुद्राओं का मिलना
यह सब लीला थी
बाबा बड़े दयालु
याद करे मन से जब कोई
बाबा हरते हैं सुख दे जाते हैं
बाबा सांई राम
तुमको प्रणाम
सब भक्तों को राम राम
सब को जय सांई राम।

श्री सत्य सांई बाबा का प्रगट भाव

आस्था फूल (प्रसून)
श्री गुरुचरणों में
सन् उन्नीस सौ अठारह
शिरडी के सांई बाबा
मानवता का संदेश दे गये
और समाधिस्थ हो गये
भक्तों की निश्छल पुकार
ने बाबा को विवश कर दिया
भक्तों के मंदिर में जलने लगा दिया
आलोक फैला
लीलाधारी
तेइस नवम्बर सन् उन्नीस सौ छब्बीस
अनन्तपुर जनपद आन्ध्र-प्रदेश
चिमावती पवित्र सरिता
अविरल जल धारा
सुरम्य सुगंध ग्राम पुट्टापार्थी
आये सृजन कर्ता बन सारथी
प्रकृति मनोहर में
संगीत घुल गया
इंद्र धनुष सप्तरंगी
उपवन का फूल खिल गया
ममतामयी ईश्वरम्मा ने
सत्य नारायण को पाया
भक्तों को सांई मिल पाया
बाल लीला प्रभु ने कर डाली
झूम उठी ग्राम की हर लाली

नागराज शिशु दर्शन
करके चले गये
सौम्य सरल सहज प्रेम अवतार
घुंघराले अद्भुत बाल
संदेश सुनाने आये ब्रह्म साकार
निराकार ब्रह्म के सफल दिग्दर्शक
कलयुग में बांट रहे भक्तों को प्यार
सांई भक्तों के प्रति बहुत-बहुत आभार
परमपिता परमात्मा शक्तिमान
सर्वव्यापी बाबा का गुणगान
अति सुन्दर-सुन्दर से सुन्दर
सुरम्य प्रशांत सांई धाम
प्रेम से दिन प्रारम्भ करो
प्रेम से उसे भरो
प्रेम से व्यतीत करो दिन
प्रेम से समाप्त करो दिन
प्रेम ही उपजाओ
घृणा द्वेष असत्य भाषण त्याग
सत्य को ग्रहण प्राप्त करने
चल गुरुचरणों में
प्रशांत निमय में
तुम्हारे जब ध्यान योग
ज्ञान गुणों का नहीं होगा परीक्षण
बाबा तो भक्त वत्सल
तुम्हारे प्रेम भरे हृदय
का परीक्षण करेंगे
यही
प्रेम की परीक्षा होगी
केन्द्र भी वृत्त भी
आदि भी अंत भी।

सांई बाबा की आरती

(1)

सरल सबल सहज परम शक्तिमान हो
कोटि सूर्य चन्द्र प्रकाश करुणानिधान हो।
जन जन में प्रेम भाव भरते दीप्तवान हो
विश्व में राष्ट्र का मान हो सम्मान हो।।

(2)

प्रेम स्नेह दया श्रद्धा विश्वास ज्ञान हो
युग परिवर्तक युग दृष्टा श्रीमान विद्वान हो।
भक्त वत्सल मार्ग दर्शक ज्योति मान हो
सनातन सारथी अमृत वाणी वेद ज्ञान हो।।

(3)

पीत वसन शोभित चमत्कार विज्ञान हो
कला युत कलाधर भारत भाग्यवान हो।
स्नेह के दीप जला जगे हृदय स्वाभिमान हो
निस्वार्थ सेवा भाव से बने कीर्तिमान हो।।

(4)

विश्व निर्मित मंदिर प्यार भगवान हो
दुःख दर्द हरते प्रसन्नता का वरदान हो।
असाध्य रोग दूर करते प्रभु वैद्य ज्ञान हो
वेद पुरुष अवतार अतुलित बलवान हो।।

(5)

संगीत मय प्रकृति मनोहर स्वर ज्ञान हो
वाद्य यंत्र स्वमेव बज उठे ऐसा गान हो।
ज्ञान की सीमा से परे सांई विज्ञान हो
'धीरज' का कोटिश: प्रणाम, वरदान हो।।
अंधकार दूर हो ऐसा प्रकाश पुंज दीप्तमान हो
ॐ नमो भगवते वासुदेव।

(6)

ओंकार सर्वव्यापक विष्णु भगवान हो
नाशक अंधकार हो अवि प्रकाशवान हो।
मोहन मुरली संगीत मय मधुर तान हो
भक्त हृदय में बसते साकार मूर्तिवान हो।।

(7)

गणेश प्रथम देव का सदा करते सम्मान हो
वर्णन सीमा से परे प्रेम में बंधे आसान हो।
तेरे द्वारे सब शीश झुकाते मेरे भगवान हो
वासुदेवाय पूजित संसार से अति महान हो।।

(8)

सुदामा के मित्र अर्जुन के शक्तिवान हो
देव रक्षक असुर संहारक प्रभु बलवान हो।
वासना मिटाते, संयम का वरदान हो
यज्ञ हो प्रक्रिया जग ज्ञान विज्ञान हो।।
ॐ नमो भगवते वासुदेवाय।

आशीर्वाद मुद्रा में बाबा

आभा ज्योतिमय पीत वसन
भक्त वत्सल करुणा अयन
वरद हस्त दिव्य भभूति वरसन
दुखियों के दु:ख करते हरन
हम हैं अब तुम्हारे शरण
निष्कपट जो करते भजन
उनको भी शत शत नमन
कृष्ण-सुदामा मित्र मिलन
दीन सेवा ही है हवन
हम हैं अब तुम्हारे शरण
प्रारम्भ हो प्रेम स्मरण
दिन पूरित स्नेह अलंकरण
सजे रात्रि प्रेम आभूषण
हृदय दिव्य प्रेम जागरण
सांई तुम्हारा है अभिनंदन
भक्ति तुम्हारी रोली चन्दन
जय जय गिरजानंदन
जय सांई तेरा जग वन्दन
वेद-पुरुष जग करता वन्दन
घृणा द्वेष हरण भक्ति जागरण
भक्त का भक्ति से नव मिलन
नव वर्ष मंगलमय करन

सार तत्व

दिग भ्रमित सा संसार
सांई नाम ही है सार।
ईमान से हो व्यापार
फैले बस प्यार ही प्यार
यह जीवन तत्व आधार
पावन अति पावन गंग धार
उन्मुक्त हृदय से बांटो प्यार
सर्व सुख है सांई आधार

अनन्त

हे प्रभु!
दीनानाथ गुरु श्रेष्ठ
भक्त वत्सल आचार्य प्रवर
अज्ञान अंधकार के वृत्त
के बीच खड़ा
याचना कर रहा हूँ
सकाम ही सही
मुझे प्रकाश दो
आत्मबल शक्ति दो
दयानिधान करुणा के सागर
अपने भटके हुए
भक्तों को सन्मार्ग में लाना
गुरुवर आपका धर्म है
इसी विश्वास के साथ
पुकार रहा हूँ
आइये मेरे स्वामी
सन्देह भ्रम जाल दूर कीजिये
अपने चरण कमलों में स्थान दीजिये
धन्य हैं आप
आप अनन्त असीम अप्रमेय है
मैं क्षुद्र एक बिन्दु
मुझे अपना बनाइये
सन्मार्ग में लगाइये
आप भक्त भाव से साकार हो
आप निराकार आप ही प्यार हो
बुद्धि, तर्क से परे

सूक्ष्म स्थूल सभी हो
आप विजय प्राप्त कराते हो
साधारण से साधारण को भी
कृपा कर विश्व विजयी बनाते हो
महाभारत का नायक अर्जुन
को बनाने वाले भगवान कृष्ण
सुदामा की मित्रता
निषाद की मित्रता
असुरों के संहारकर्ता
देवताओं के पोषणकर्ता
आप ही हैं
सम्पूर्ण ब्रह्माण्ड के स्वामी
आप माता-पिता
भाई बन्धु
आचार्य मित्र
सभी हैं
अकारण करुणा की दया की वर्षा करते हैं
अपने भक्तों की सहायता करते
उन्हें पुरस्कृत करते हैं
दुष्टों को दंडित करते हैं
आप ही बिन्दु सिन्धु हैं
आप ही अनन्त हैं

संत एक, नाम अनेक

साईं बाबा
शिरडी वाले
आन्ध्र प्रदेश पुट्टापार्थी
वाले
घुंघराले बालों
वाले
प्रसन्नता स्वभाव है
भक्तों को बांटते हैं
मन चाहे वरदान
आप ही ब्रह्मा पुत्र
दत्तात्रेय भगवान हो
जमीन हो आसमान हो
तुम्हीं गजानन महाराज हो
शैव गांव निवासी भगवान हो
शब्दों से परे
वर्णन से परे
युग युगांतर से तेरी लीला
का खेल है यही मेल है
भक्तों के कष्ट हरते हो
झोली सुख से भरते हो
दानी हो विज्ञानी हो
समय काल देश अनुसार
स्वरूप बदलते हो
तुम्हीं सत्य हो
झरना आपके प्रेम का झरता है
प्रेम से भक्त स्नान करे
आपकी असीम कृपा है।

कामना

आपके दर्शन
भाग्य का सूचक है
भाग्य निर्माता
भाग्य विधाता
दुर्भाग्य नाशक
प्रेम प्रदाता अन्न दाता
जग विख्याता
आप अव्यक्त हो
आप ही व्यक्त हो
लेखन प्रकाशन
कराने वाले
ख्याति प्रदाता हो
प्रवक्ता, अधिवक्ता, वक्ता,
सुमधुर वाणी के धनी
सूक्ष्म श्रोत हो
कर्मफल प्रदाता
पापनाशक
वेद पुरुष हो
प्रकाश पुंज हो फूलों में सुगन्ध हो
मैंने जाने अनजाने में क्या किया
स्वयं से अनभिज्ञ
अपराध क्षमा करे मेरे प्रभु
क्या याचना करे मेरे प्रभु
अंतर्यामी, अंतर्यामी

सर्वज्ञ सम्पूर्ण हो
मैं अधम अपूर्ण खलकामी हो
आपकी शरण में
आप मेरी कामनाएं पूर्ण करें
और दें अपनी अचल भक्ति।

अन्तर द्वन्द

सकाम-निष्काम
गीता सुगीता
प्रभु की वाणी
धन्य शिरडी धाम
पाप-पुण्य कराना
तेरे ही खेल
मानव तो तेरे
हाथों का खिलौना है
सांख्य दर्शन कर्म योग
अन्य दर्शन भक्ति योग
सब देश तेरे ले जाते हैं
जो घटित होता है
सब तेरी कृपा का फल होता है
दोषी इन्सान होता है
जबकि कर्ताधर्ता खुदा होता है
अपने नेक बन्दों को कहीं
मानवता की स्थापना में
त्वरित गतिमान हो
विनाश हो अधर्म का
राज्य हो धर्म का
मन संशय से दूर हो
स्पष्ट आपके
प्रकाश का दर्शन करूं
आपको बारम्बार प्रणाम
कोटिश: वन्दन नमन
अभिनन्दन।

स्वामी

समय चक्र
अबाध गति से चल रहा है
मानव विधाता के हाथों
कितना विवश है
चाह कर भी
न कर पाने की छटपटाहट
ध्यान में बाधा
प्रभु के स्मरण में
चंचल मन का स्थिर न होना
तेरी लीला ही
भक्तों को सुख देने वाले
भक्तों के कष्ट हरने वाले
समय परिधि से असीम हो
होना है होगा
पर आपकी कृपा से
अच्छा होगा
मंगल होगा
कल्याण होगा
परीक्षा लेना प्रभु का स्वभाव है
भक्तों की रक्षा करना भी
प्रभु की प्रकृति है
बड़े दयालु हैं
दया के सागर हैं
संसार के आधार हैं

पीत वसन शोभित
वर देने वाले
गुरुदेव ही मान सम्मान
तथा भगवान है।

जीवन

जीवन क्या है ?
एक गहनतम रहस्य
पंचतत्त्वों से रचित
उसी में मिलान
इसके जनक तथा पालनकर्ता
प्रभु! आप गुरुदेव हैं
भव बाधाओं से बचाते
धर्म पर चलाते
उसी प्रकार
कर्मानुसार
महाप्रलय के बाद
उसके मूल स्वभाव के अनुरूप
उसको योनि प्रदान करते हैं
मनुष्य सर्वश्रेष्ठ योनि का रूप है
उसे सब कुछ प्राप्त हो सकता है
जीवन
अर्थ धर्म काम व मोक्ष
आदि अंत
आपको कोई नहीं जानता
आप सत्य सनातन हैं
हर क्षण भक्तों की रक्षा करते हैं
आप काल सीमा से परे
दिन रात्रि तेरे नेत्र हैं
सत्कर्म में संलग्न मानव
आपको प्रिय है।
शिरडी धाम को
प्रणाम

दर्शन

पूर्व जन्मों के पुण्य का फल
निरंतर साधना का ही प्रतिफल
स्वामी का शांतिमय दर्शन
नीलवर्ण सिर पर मुकुट
होठों पर मुरली
सुन्दर अति सुन्दर
आकाश में बादलों के मध्य
आनंद ही आनंद
अति सुखद वो क्षण
वह स्वप्न ही सही
कल्पना करते ही रोमांच हो जाता है
प्रभु तेरे चरणों में
अपना अहंकार चतुराई
दम पाखण्ड जो भी
आपसे छिपा नहीं
समर्पित
मेरी भक्ति के श्रद्धासुमन
निर्मल मन आत्मा
कामनाओं को आपके चरणों
में समर्पित करता हूँ
याचना है
मुझे आप से
कल्याणमय मार्ग प्रशस्त करें
जो उचित समझे वही
वरदान दें
मैं अज्ञानी लोभी
न जाने क्या मांग बैठूं

सर्वशक्तिमान

सूर्योदय से सूर्यास्त तक
धरा से आकाश तक
यहाँ से वहाँ तक
नर से नारायण तक
की कथा व्यथा सब
प्रभु! आपकी लीला का
सुखद आनंदमय परिणाम है
चेतना के स्वर मुखरित हो
सृजन का श्रृंगार करते हैं
घृणा द्वेष त्याग कर ही
वो संसार से प्यार करते हैं
मैं निर्बल असहाय हूँ
मेरे स्वामी सबल शक्तिमान हैं
सच्ची याचना पर वो
दौड़े चले आते हैं
गज गाह के युद्ध में
मात्र एक पुष्प गजराज को
समर्पित करते याचना की थी
द्वारिकाधीश रक्षा करो
पवन गति से अधिक वेग
से आकर उन्होंने
परिचय दिया था
वह आदि अंत
तथा सनातन सत्य
सर्व शक्तिमान है।

व्याकुलता

मर्यादा पुरुषोत्तम भगवान राम
युग युगांतर से तेरी पावन कथा
का मंगल गान ही सुखकारी है
यही सत्य है
आप ही राम कृष्ण विष्णु हैं
तेरे रूप अनेक
तेरी लीला अनंत
भक्त-वत्सल करूणानिधान
तन, मन, धन, समर्पित
अहंकार भी समर्पित
शेष रह जाता है प्रभु की कृपा
व्यथा कथा क्या कहूँ
सर्वज्ञ को क्या कहूँ अपनी दशा
कल्याण का मार्ग प्रशस्त करे
मन में घुटन
पीड़ा दुःख से एक नया सुख जन्म लेगा
भावनाओं को शब्द नहीं मिल पाते
तुम निराकार साकार सभी हो
सूक्ष्म से स्थूल
स्थूल से सूक्ष्म
संसार का सारा व्यापार
तेरी लीला का एक अंश है
प्रभु श्रीराम को प्रणाम
प्रभु श्रीकृष्ण को प्रणाम
अव्यक्त को व्यक्त करें
कृपा निधान
भगवान राम।

समय

सत्कर्म हेतु भक्तों को
समय प्रभु देते
सुखद वरदान देते
धन्य है मेरे प्रभु
नाम श्रवण मनन से
कीर्तन से मात्र एक पुष्प से
प्रसन्न हो जाते हैं
सुदामा के चावल
शबरी के जूठे बेर
के प्रतिकार में
क्या कुछ नहीं देते
आप महान हैं
सम्पूर्ण ब्रह्माण्ड के स्वामी हैं
कर्ता धर्ता हैं
उदासी की बेला में
सुख का सुन्दर मुकुट रचते हैं
भक्तों के आधार हैं
पंच तत्वों के रचियता
भक्तों को बचाते हैं
सत कर्म पुण्य कार्य
कराते हैं
मंगल करते हैं
श्री देते हैं
अपनी अचल भक्ति देते हैं
धन्य हैं हमारे प्रभु
वही माता-पिता, भाई-बन्धु
गुरु मित्र सभी तो हैं
पुन: कोटिश: प्रणाम
आप संसार के समय के स्वामी हैं
अंतर्यामी हैं
आप धन्य हैं

शून्य

एक ऐसा शून्य

जिसमें समा जाता है सब कुछ

आकाश विस्तार असीम होते हुए भी

दृष्टि में समा जाता है सब कुछ

सूक्ष्म से स्थूल

स्थूल से सूक्ष्म

आप व्याप्त हैं कण-कण में

हर समय पल प्रति पल हर क्षण

जो भी घटनाक्रम बना

या भविष्य में घटित होगा

आप ही सूत्रधार हैं

आप ही इस संसार के आधार हैं

आप प्रकाश अति प्रकाश शांतमय

करोड़ों आलोक एक साथ चमके

उससे भी अधिक प्रकाश हैं

चन्द्रमा करोड़ों की संख्या में मिले

उससे अधिक शीतलता है

शांतमय अति सुन्दर

शंख, चक्र, गदा, पद्य धारी

हे मनोहर ब्रज बिहारी

सुखकारी दुःखहारी

भक्तों की कुटिया प्यारी

तुम ही सत्य हो

तुम महाशून्य हो
तुम भगवान विष्णु रूप श्री कृष्ण हो
अनन्त हो असीम हो ज्ञान से परे हो
परन्तु भक्तों के लिये
अति सुगम, सरल, सहज हो।

द्वन्द

मन की गति भी बड़ी विचित्र है
सागर की लहरों की तरह
भाव आते जाते हैं
कभी कोई तर्क कभी उसके विपरीत
सत्य-असत्य धर्म-अधर्म रीति अनीति
के मध्य द्वंद्व होता है
मंथन से निकला है
सत्य का आलोक
घन घोर तम समाप्त हो जाता है
शेष रह जाता है
शांतिमय प्रकाश
और सब ठीक हो जाता है
शत्रुभाव समाप्त हो जाता है
रह जाता है प्रेम पूर्ण व्यवहार
तब खिलते हैं
आस्था प्रसून
घृणा द्वेष के बड़े से बड़े घाव
भर देता है समय का मरहम
प्रेम के देवता
तेरी लीला भी अपरम्पार
सूत्रधार बन
अभिनय इच्छा अनिच्छा से कराता है
संसार के स्वामी
मानव इस रहस्य को

कभी नहीं समझ पायेगा।
प्रकाश का स्वागत करो
अंधकार स्वयं मिट जायेगा
शेष रह जायेगा प्रेम पूर्ण व्यवहार

शांति

स्वामी!

आप ही गुरुरूप धारण कर

भक्तों का मार्ग दर्शन कराते हो

घृणा द्वेष तथा अहित करने की भावना

मिटाते हो और प्रेम जगाते हो

कभी-कभी भक्तों को लगता है

उसके हितों की उपेक्षा की गयी है

परंतु भक्तों का कभी अहित नहीं होता

बाबा लीला करते हैं

अपनों को पाप से बचाते हैं

निद्रा से दुष्कर्म से बचाते हैं

उसके मन के अनुरूप वो नहीं होने देते

जिसमें उसका अहित छिपा हो

आप पूर्ण हैं

और सब अपूर्ण है

अन्त से चेतना में अपना प्रकाश भरो

बाबा

दिन है फिर भी अंधेरा

आप ही दूर कर सकते

आप ही समर्थ हैं

समय के चरणों क्या है

वो ही जानता है

आप समय परिधि से परे हैं

प्रेम ही सार तत्व है

यही स्वर्ग का द्वार खोलता है
कोलाहल समाप्त हो जाता है
रह जाती है बस
शांति अति शांति।

आनन्द

विषय भोग ग्रसित
अभाव युक्त कामी
अपार कष्ट दु:ख
मैं हूँ अधम खल कामी
मैंने सदैव इसमें
सुख ढूंढ़ने का प्रयास किया है
मृग मरीचिका की तरह
रेगिस्तानी प्यास लिये
पागलों की तरह
संसार में भटक रहा हूँ
मोह पाश के बन्धनों
आनंद की अनुभूति की प्रतीक्षा में है
घुटन होती है तड़पन होती है
क्षुद्र तारों के आकर्षण में
देह लावण्य श्रृंगार की सुन्दरता में
खो जाना चाहता हूँ
न जाने क्यों?
ये सब अच्छा लगता है
खिलखिला कर नव यौवन का
स्पर्श स्वर्ग से अधिक सुख पहुंचाता है
उस क्षेत्र के एकांत में
पूर्णिमा के दिन
वह श्रृंगार करके मेरे द्वार आती
पूर्व जन्मों के पुण्य का परिणाम समझकर
तदुपरांत
घुटन अतृप्त प्यास
व्याकुलता से पागल हो जाता हूँ

चीखता हूँ
कब कैसे
मान अपमान बदल जाता है
मैं प्रभु आपको भूल जाता हूँ
यही मेरी भूल आप से दूर करती है।
इस क्षण मैं नितांत अकेला हूँ
मैं अपने आप पर असंतोष व्यक्त करता हूँ
आप के अतिरिक्त कोई नहीं जानता
मैं क्या हूँ?
निष्पाप निश्छल और अतिपावन
अप्रेम अच्युत और घट-घट वासी
सत सांई बनकर अवतरित हुए
ज्ञान का सूरज चमकाया
धन्य है गुरुवर
शिरडी को पावन बनाया
सत सांई
वरद् हस्त उठाते
वरदान देते
भक्त की पुकार पर
पवन गति से आते
विजयश्री दिलाते
राज माला दिलाते
सन्मार्ग पर लगाते
प्रेम के देवता
आप धन्य हैं
बीसवीं के देवदूत हैं
क्रांति के अग्रदूत हैं
भारत में जन्मे गुरु
भारत माँ के सपूत हैं।

सत्य

जीवन भर खोजता रहा
प्रकाश की तलाश में बढ़ता रहा
पाखंड का ढोंग रचाता रहा
ज्ञात अज्ञात धर्म अधर्म करता रहा
आप गुरुवर देखते रहे
अन्तर्मन का कलुषित भाव
धो डालिए कीजिये मुझे पवित्र
आपने अनगिनत भक्तों
को अविवेक से मुक्त किया है
भद्र तनु आज आप में लीन है
अजामिल ऐसे पापी की तारा है
मेरे हृदय में प्रकाश भर दो
तम का विनाश स्वयं हो जायेगा।
आप संसार के बीच हैं
आप ही संसार के कर्ताधर्ता हैं
आस्था के प्रसून
प्रभू के चरणों में समर्पित है।
शांतमय प्रकाश-युक्त करुणा सागर
भक्त वत्सल इस जग के आधार
आपको कोटिश:
प्रणाम
आप ही यज्ञ हैं
यही क्रिया है
आप सम्पूर्ण ब्रह्माण्ड के कर्ताधर्ता हैं

भक्तों की पुकार पर
नंगे पांव पवन गति से अधिक
दौड़े चले आते हैं
दु:ख का अंत करते
सु:ख देते हैं।

आस्था

सर्वप्रथम
उसकी ही कृपा का प्रतिफल
विश्वास और उससे जन्म लेता है
प्रभु के द्वार जाने का मार्ग
आस्था के प्रसून
तेरे चरणों में अर्पित
आप स्वयं
मार्ग आलोकित करते हैं
अपार सुख
अपार आनंद का सागर
लहराता है
रह जाता है
असंख्य सूर्य चन्द्रमा के प्रकाश
आप में समाहित है
आदि अंत आपका कोई नहीं जान सकता
माँ की ममता में
प्रेम के अश्रु में
न जाने कैसे
प्रकट हो जाते हो
आपके दर्शन होते हैं
शेष कुछ नहीं रह जाता है
आप अनन्य हैं, अनादि हैं
आपके श्री चरणों में
आस्था के प्रसून
सेवार्पित।

अत्यन्त प्रिय

बेचैन आकुल मन
तन में पीड़ा
घबराहट हताशा
इन्हीं सब से जन्म लेता है
असीम आनंद का हिलोर
जब उसकी कृपा की डोर
और वह अमृत की वर्षा करता है
सुधा घट अधरों पर रखता है
और पूछता है ?
वत्स तुझे क्या चाहिये
अक्षय भंडार के स्वामी
आप है अंतर्यामी
क्या याचना करें
आप के निमेष मात्र से
राई से पर्वत होता है
भक्तों का सपना सच्चा होता है
तेरी रूप माधुरी के रसास्वादन
के पश्चात क्या कामना हो सकती है
तुम महान हो
तेरी लीला अनंत
रहस्यमय संसार
और तेरे रहस्य
को नमस्कार
आप विजय हैं आप ही कर्ता धर्ता हैं
भक्त की मनोकामना पूर्ण करें
आप महान हैं
भक्त पर कृपा करें।

अति कृपा

पीताम्बर धारण करते
वरदहस्त कृपा करते
भक्तों का मार्ग दर्शन करते
बिछड़े मिलते मनोकामना पूर्ण करते
अति कृपा सदैव भक्तों पर करते
पग उधर मोड़ देते हैं
जिधर साधुजन रहते हैं
अपमान से बचा सम्मान देते है
प्यार देते हैं दुलार देते हैं
गुरुवार, बृहस्पतिवार वीर दरबार
सब प्रभु तेरी लीला का अंग है
कब कैसे कहाँ क्या घटित हो ?
सब कुछ तेरी लीला का ही रंग है
घर से चला क्या सोच कर
गुरुवर की कृपा का परिणाम
पवित्र आत्मा की समाधि पर
श्रद्धा सुमन अर्पित कर मेरा नाम
मैं अज्ञानी हूँ
मूरख खलकामी हूँ
रक्षा करे स्वामी
प्रभु अंतर्यामी
अपने द्वार कब बुलाएंगे
अव्यक्त को कब व्यक्त करेंगे
यह सब आपके चरणों में
समर्पित
प्रणाम

समाधि

सम्पूर्ण ब्रह्मांड को सूक्ष्मरूप में
समाहित किये हम सबका संचालन
करते हुए प्रत्यक्ष होते हैं परंतु
अप्रत्यक्ष के रूप
तेरी योग माया धन्य हो
सभी आस्थाएं
तेरी ममता के छांव तले है
आप चिर निद्रा में होते हुए भी
भक्तों के प्रति सजग हैं
इसीलिए बरबस बल पूर्वक
जब चाहते हैं
अपने द्वार बुलाते हैं
अन्यथा मानव
भटकता रहता
पीर बाबा
आप मन की बात जानते
गुरुवर दर्शन
का वरदान दो
आपकी कीर्ति को
प्रणाम
आदर भाव व्यक्त करते हुए
अति पवित्र स्थली
बाबा तेरी समाधि
धन्य है
प्रणाम।

प्रशांत

शांत आकार अति प्रसन्नता के श्रांत
हर्ष मंगल
आचार्य प्रवर गुरु श्रेष्ठ
जन मानस में
प्यार बांटते
मानव भावनाओं में
प्रेम पूर्ण व्यवहार हो
सद्भावना सरल हो
अति अत्याधिक सूक्ष्म
नग्न नेत्रों से नहीं दिखते
अति अत्यंत विशाल असीम
सर्वव्यापक
परंतु भक्त हृदय में
समा जाते हैं
स्नेह प्रेम के बन्धनों में
बंधे
कल्याण करते
दु:ख दूर करते
सुख प्रदाता
आप धन्य हैं
भक्तों की मनोकामना
पूर्ण करते प्रकाश
प्रकाशक
शासक
संचालक
सम्पूर्ण ब्रह्माण्ड के हैं
गुरुवर धन्य हैं।

खम्मन पीर बाबा की समाधि पर शब्द सुमन

कब कैसे घटित होता रहता है
इसे कौन कैसे जान सकता है
अपने मुरीदों को बुला लेते हैं
उन्हीं से कव्वाली गवा लेते हैं
गुरुवर एक मैं भी वहाँ गया
समाधि पर श्रद्धा सुमन अर्पित किये
बाबा ने निराशा में आशा भरी
सवाली की झोली में भर वर दिये
पूरब-पश्चिम उत्तर-दक्खिन से
ऊपर-नीचे से हर कोने-कोने से
बाबा दर्शन को कहां-कहां से आते हैं
सब पाते बाबा के खुश होने से
तरह-तरह के रंग बिरंग परिधानों में
नर-नारी तेरे दर पर शीश नवाते
कौन है राजा कौन है नौकर भइया
यहां तो सब हिलमिल गीत गवाते
खुशियों से झोली भर जाती है
जब बाबा की कृपा दृष्टि हो जाती है
जाति पांति का कोई भेद नहीं है
श्रद्धा आस्था के प्रसून ले आते हैं
वह ही मन चाहा वरदान पाते हैं
कुछ मौन होकर कुछ सस्वर गाते हैं
अंधेरा मिटाने को यहाँ सौगंध खाते हैं।

सत्य की ओर

जीवन, मृत्यु
शाश्वत सत्य है
चौरासी लक्ष योनियों में
मात्र मानव ज्ञान ही
उसे निर्वाण मार्ग प्रशस्त करता है
आकांक्षाएं, अतृप्त इच्छाएँ
निराशा के जंगलों में
ज्ञान अग्नि जल कर
शुद्ध पावन बनाती है
मानव सेवा
मातृत्व प्रेम
अपनापन
ये सब संसार के आभूषण
प्यार भरा संसार
कितना अच्छा लगता है
जब मानव मानव से प्रेम करता है
राष्ट्र गान मंगल करता है
भारतवर्ष का नाम
बड़े ही आदर भाव से
जब लिया जाता है
एकता - अखंडता
भाई चारा योग्यता
आपसी सौहार्द स्नेह
शौर्य बल का समावेश
नागरिकों में होता है
गुरु श्रेष्ठ को कोटिश: प्रणाम
सत्य की ओर चल।

अव्यक्त

प्रभु!
आप ही व्यक्त अव्यक्त हो
वर्णन सीमा से परे
अव्यक्त को व्यक्त करते
परम्परा निर्वाह में
सूरज को दीप दान की प्रथा है
यह भी तेरी लीला का एक भाग है
कब कैसे कहां घटित हो
ये तेरी इच्छा का स्वरूप है
तेरे प्रति समर्पित
पुस्तक अव्यक्त
को व्यक्त करने का
वरदान दो
प्रचार-प्रसार दो
सत कर्म में बुद्धि लगे
प्रेम का वरदान दो
उन व्यवस्थाओं को जन्म दो
प्रेम भरा संसार हो
धरा पर स्वर्ग उतार दो
तेरे चरणों में
देव!
मुझ जैसे तुच्छ
कोटिशः प्रणाम

अव्यक्त को व्यक्त
करने की क्षमता दो
अब विलम्ब कैसा
प्रभु
शीघ्र करो कार्य पूर्ण।

दयानिधान

दयानिधान
कृपानिधान
मुझ पापी पर दया कीजिये
कितने दुष्कर्म हुए जाने अनजाने
अजामिल को भी तार दिये
सरल सहज होकर प्यार दिये
मन भटका प्यासा मन
तन सुख में अटका है
गुरुवर! सांई नाथ स्वामी
मार्ग दर्शन कीजिये
इस तुच्छ भक्त को
शरण दीजिये
अव्यक्त को व्यक्त की
क्षमता प्रदान कीजिये
वासना के दलदल से निकालिये
शुद्ध पवित्र बनाइये
गुरु चरणों में समर्पित
कथा संग्रह शीघ्र
प्रकाशित कीजिये

श्रद्धा सुमन

श्रद्धा विश्वास के प्रति मूर्ति,
निश्छल निष्पाप दया सागर।
आकार निराकार स्थूल सूक्ष्म,
विष निवारक सुधा गागर।।
पावन धरती शिरडी पुण्य धाम,
व्यक्त, अव्यक्त नाम सुनाम
काम अकाम योग निष्काम
प्रभु गुरुवर कैसे बुलाऊं नाम
अव्यक्त व्यक्त को रूप दो
निराकार को आकार दो
कहानी संग्रह प्रकाशित हो
प्यार भरा संसार दो

विजय दशमी

सत्य तथा असत्य
पाप और पुण्य
प्रारम्भ से आज तक
एक लम्बी कहानी है
पल प्रति-पल युद्ध चलता
रहता है
भिन्नताओं के मध्य
एकरूपता
वह
अपना रूप अनेकानेक
ढंग से
लेता है जीता है
युद्ध करता है
वह चाहे जितना बलशाली हो
क्षण भर में
मिट जाता है
कलुषित विचार
काले मेघ विलीन हो जाते हैं
उगता है
एक नया सूरज उसकी ज्योति
आलोकित करती है
हर भक्त हृदय को
तब होती है
विजय दशमी।

परम श्रद्धेय गुरुजी को समर्पित

अज्ञान, अंधकार अहंकार के मद से चूर
अज्ञानी बन गया हूँ
निरंतर आप तक आने को आतुर
आप से दूर हो गया हूँ
आप ज्योति हैं, प्रकाश हैं, सत्य हैं,
दिव्य दृष्टि सहज प्रदान करते हैं
कुपात्र को सुपात्र बनाते
संत तुलसी सूर मीरा
गुरुवर तेरी कृपा का परिणाम
राम कृष्ण की भक्ति
कण-कण में व्याप्त प्रभु
आप दर्शन दें
आपके चरणों की रज
ज्ञान ज्योति प्रदायिनी है
आपकी वाणी दिव्य है
शिष्यों को ज्ञान प्रदायिनी है
आप महान हैं
आकाश में वीणा महर्षि नारद की
कोमल सुकोमल स्वर संगीत बिखेरती है
प्रभु गुरु
मैं कैसे आऊं
आप स्वयं बुलाएंगे
तभी आऊंगा
प्रभु आपका संदेश मिले
जब आपकी इच्छा होगी
तभी ही आऊँगा
अव्यक्त को व्यक्त करने प्रयास करूंगा

सत्य सांई बाबा

विश्व के कोने कोने से
इधर से उधर से
यहाँ से और वहाँ से
कहाँ, कहाँ, कहाँ से
भक्तगण द्वार तुम्हारे
श्रद्धा सुमन चढ़ाते हैं
धनी और निर्धन
योगी ओर जोगी
अनुरागी और विरागी
ज्ञानी और अज्ञानी
सिद्ध और असिद्ध
पापी और धर्मी
द्वार तुम्हारे आते हैं
महिला और पुरुष
राजा और रंक
बड़े और छोटे
स्वस्थय और अस्वस्थ
छोटे और बड़े
बूढ़े और बच्चे
द्वार तुम्हारे आते हैं
आते ही शूल मिटते हैं
दया का सागर बहता है
भक्त जो भी चाहता है
गुरुदेव की कृपा से
याचना से पहले
मिलता है।

गुरु ॐ

ॐ श्री सांई गणेशाय नम: ।।1।।　ॐ सत सांई गुरु नाथाय नम: ।।2।।

ॐ जगद् गुरु सांई नाथाय नम: ।।3।।　ॐ परम गुरु सांई नाथाय नम: ।।4।।

ॐ देव गुरु सांई नाथाय नम: ।।5।।　ॐ सांई शिव शक्तियै नम: ।।6।।

ॐ सांई सर्व शक्तिमानाय नम: ।।7।।　ॐ सांई सर्वव्यापकाय नम: ।।8।।

ॐ सांई सर्वआत्माय नम: ।।9।।　ॐ सांई अलख निरंजन ।।10।।

ॐ सांई सर्व साक्षीय नम: ।।11।।　ॐ सांई अन्तरयामियाय नम: ।।12।।

ॐ सांई परिपूरजाथ नम: ।।13।।　ॐ सांई आदि शक्तियै नम: ।।14।।

ॐ सांई अनादि शक्तियै नम: ।।15।।　ॐ सांई रामाय नम: ।।16।।

ॐ सांई त्रिलोकीनाथाय नम: ।।17।।　ॐ सांई त्रैकालदशीयाय नम: ।।18।।

ॐ सांई गोविन्दाय नम: ।।19।।　ॐ सांई सच्चिदानंद स्वरूपाय नम: ।।20।।

ॐ सांई भक्त रक्षकाय नम: ।।21 ।।　ॐ सांई परमआनंद स्वरूपाय नम: ।।22 ।।

ॐ सांई महादुर्गयै नम: ।।23।।　ॐ सांई आकर्षण शक्तियाय नम:।।24।।

ॐ सांई अज्ञान विनाशकाय नम: ।।25।।　ॐ सांई योगीश्वराय नम: ।।26।।

ॐ सांई पुरुषोत्तम पुरुषाय नम: ।।27।।　ॐ सांई शंकराय नम: ।।28।।

ॐ सांई सुख स्वरुपाय नम: ।।29 ।।　ॐ सांई कल्याण स्वरूपाय नम: ।।30।।

ॐ सांई जग आधाराय नम: ।।31 ।।　ॐ सांई रघुनंदनाय नम: ।।32।।

ॐ सांई देव रक्षकाय नम: ।।33 ।।　ॐ सांई असुर संहारियाय नम:।।34।।

ॐ सांई कर्म-फल-दाताय नम: ।।35 ।।　ॐ सांई दातात्राय नम: ।।36।।

ॐ सांई कर्ता पुरुषाय नम: ।।37 ।।　ॐ सांई दीन बन्धुआय नम: ।।38।।

ॐ भगत-भयहारियाय नम: ।।39।।　ॐ सांई सुख निवारणाय नम: ।।40।।

ॐ सांई अकाल पुरुषाय नम: ।।41 ।।　ॐ सांई आदि नारायणाय नम: ।।42 ।।

ॐ सांई लीलाधारियाय नम: ।।43।।　ॐ सांई जनहित कारियाय नम:।।44।।

ॐ सांई शिव-शम्भुआय नम: ।।45 ।।　ॐ सांई आपत्ति हरनाय नम: ।।46।।

ॐ साईं शरणागत: वस्तलाय नम: ।।47।। ॐ साईं माधवाय नम: ।।48।।

ॐ साईं राखनहाराय नम: ।।49 ।। ॐ साईं जगत कारणाय नम: ।।50।।

ॐ साईं सद्गति दाताय नम: ।।51 ।। ॐ साईं महाकालिकायै नम: ।।52।।

ॐ साईं करुणासिन्धुआय नम: ।।53 ।। ॐ साईं सर्वेश्वरा नम: ।।54 ।।

ॐ साईं जगदीश्वराय नम: ।।55।। ॐ साईं आकालशक्तियै नम: ।।56।।

ॐ साईं पतित पावनाय नम: ।।57।। ॐ साईं विश्वनाथय नम: ।।58।।

ॐ साईं वेदस्वरूपाय नम: ।।59।। ॐ साईं विश्वनाथय नम: ।।60।।

ॐ साईं हरि नारायणाय नम: ।।61।। ॐ साईं सुखदाताय नम: ।।62।।

ॐ साईं सर्व-सामर्णाय नम: ।।63 ।। ॐ साईं ज्योति-स्वरूपाय नम: ।।64।।

ॐ साईं महालक्ष्मियै नम: ।।65।। ॐ साईं हरि गोविन्दाय नम: ।।66।।

ॐ साईं सोहम देवाय नम: ।।67 ।। ॐ साईं ओंकार स्वरूपाय नम: ।।68।।

ॐ साईं महासरस्वत्यै नम: ।।69 ।। ॐ साईं माया विनाशकाय नम: ।।70।।

ॐ साईं व्यंकटेश्वराय नम: ।।71 ।। ॐ साईं हरि विट्ठुल्लाय नम: ।।72।।

ॐ साईं मोह विनाशकाय नम: ।।73 ।। ॐ साईं विपिति भंजनाथ नम: ।।74।।

ॐ साईं भक्ति दाताय नम: ।।75।। ॐ साईं मुक्ति दाताय नम: ।।76।।

ॐ साईं ज्ञान दाताय नम: ।।77।। ॐ साईं गोपीवल्लभाय नम: ।।78 ।।

ॐ साईं भवतारकाय नम: ।।79।। ॐ साईं सर्वप्रियाय नम: ।।80।।

ॐ साईं अपराध हर्तात नम: ।।81।। ॐ साईं पंढरीनाराय नम: ।।82।।

ॐ साईं कृपा सागराय नम: ।।83 ।। ॐ साईं मंगलकारी देवाय नम: ।।84।।

ॐ साईं अमंगलहारी देवाय नम: ।।85 ।। ॐ साईं अमृत सिन्धुआय नम:।।86।।

ॐ साईं शान्ति दाताय नम: ।।87।। ॐ साईं चन्द्रमौलिश्वराय नम: ।।88।।

ॐ साईं जगतरूपाय नम: ।।89।। ॐ साईं आत्म ज्योतियाय नम: ।।90 ।।

ॐ साईं लक्ष्मीनाराणाय नम: ।।91।। ॐ साईं अभेद शक्तियाय नम: ।।92 ।।

ॐ साईं विश्वआत्माय नम: ।।93 ।। ॐ साईं परमात्माय नम: ।।94।।

ॐ साईं भक्त वत्सल्याय नम: ।।95।। ॐ साईं अग्नि रूपाय नम: ।।96।।

ॐ साईं गायत्रियै नम: ।।97।। ॐ साईं महाअम्बिकायै नम: ।।98।।

ॐ साईं धर्म रक्षकायै नम: ।।99 ।। ॐ साईं सिद्धि-दातायै नम: ।।100।।

ॐ सांई ऋद्धि-दातायै नम: ।।101 ।। ॐ सांई उरप्रकाय नम: ।।102 ।।

ॐ सांई साधु-रक्षकाय नम: ।।103 ।। ॐ सांई चिन्तानाशकाय नम: ।।104 ।।

ॐ सांई आनंद मूरताय नम: ।।105 ।। ॐ सांई भाग्य-विधाताय नम: ।।106।।

ॐ सांई हरि-हराय नम: ।।107।। ॐ सांई पारब्रह्माय नम: ।।108 ।।

* * *